O livro dos desejos

Copyright do texto © Tiago de Melo Andrade, 2003
Copyright das ilustrações © Renato Moriconi, 2003

Editora executiva: Otacília de Freitas
Editora responsável: Pétula Lemos
Preparação de Texto: Nair Kayo
Revisão de provas: Bruna Baldini de Miranda
Christina Lucy Fontes Soares
Daniela Padilha
Gislene P. Rodrigues de Oliveira
Ilustrações: Renato Moriconi
Projeto gráfico e diagramação: Aero Estúdio

Dados Internacionais de Catalogação na Publicação (CIP)
(Câmara Brasileira do Livro, SP, Brasil)

Andrade, Tiago de Melo
  O livro dos desejos / Tiago de Melo Andrade ; ilustrações Renato Moriconi. — São Paulo : DCL, 2003. — (Coleção histórias fantásticas)

  ISBN 85-7338-774-2 (obra completa)
  ISBN 978-85-7338-855-8

  1. Literatura infanto-juvenil I. Moriconi, Renato. II. Título. III. Série.

03-6576   CDD – 028.5

Índices para catálogo sistemático:

1. Literatura infanto-juvenil   028.5
2. Literatura juvenil   028.5

**Texto em conformidade com as novas regras
ortográficas do Acordo da Língua Portuguesa**

1ª edição • fevereiro • 2004
1ª reimpressão • novembro • 2008

Editora DCL – Difusão Cultural do Livro Ltda.
Rua Manuel Pinto de Carvalho, 80 – Bairro do Limão
CEP 02712-120 – São Paulo/SP
Tel.: (0xx11) 3932-5222
www.editoradcl.com.br
dcl@editoradcl.com.br

histórias ☀ fantásticas

O livro dos desejos

Tiago de Melo Andrade

Ilustrações de Renato Moriconi

DCL
DIFUSÃO
CULTURAL
DO LIVRO

Capítulo I

J.O.R.G.E. Esse é o nome. Jorge é um escritor de meia-idade. Descobriu a vocação na infância, lendo Monteiro Lobato – rindo das peripécias de Emília. Apesar das dificuldades, teve uma infância feliz. Brincalhão, divertia-se com as coisas mais simples. Às vezes, ficava triste, pela falta de um brinquedo ou outro que a mãe não lhe podia comprar. Mas logo esquecia isso: era só um amigo convidá-lo para uma pelada lá no campinho. Jorge adorava jogar futebol com os amigos da rua.

A mãe é que não gostava dessa vocação desportiva, pois estava sempre a reclamar das roupas sujas de barro. No seu quarto, a bola e a chuteira dividiam, na estante, espaço com seus brinquedos favoritos: os livros. Eles nunca faltavam (a mãe, que era professora, tinha muitos e, hora ou outra, ganhava mais um de algum vendedor que visitava a escola).

Os livros fascinavam o garoto. Por meio deles, podia ser quem quisesse e ir a qualquer lugar. Sempre fazia isso e embarcava em viagens maravilhosas, lendo por horas a fio. Se o livro fosse interessante, não o largava nem para comer, não o largava por nada! Mania que levava seu melhor amigo, Juquinha, a esconder todos os livros quando Jorge ia a sua casa. Ele sabia que, se Jorge pegasse um livro, acabaria a brincadeira: só iria querer saber de ler!

Já na adolescência, como acontece a todo ávido leitor, ensaiou seus próprios rabiscos, sem a menor pretensão de ser escritor. Acabou tomando gosto pela coisa ao perceber que a escrita preenchia um vazio que havia dentro dele. Sabe aquela vontade de fazer alguma coisa, que não sabemos exatamente o quê? Pois é, aquela vontade, aquela ânsia era pela caneta, por escrever. Assim, Jorge teve a felicidade de encontrar sua vocação: escrever. Foi como achar um presente escondido por Deus dentro dele. Mas era uma vocação meio estranha.

– Escrever é profissão? – perguntou o pai.

– É claro que sim! Mas um pouco diferente das outras. É um caminho mais difícil. Então, para garantir um futuro tranquilo, melhor que ele tenha paralelamente outra profissão – respondeu a mãe.

Os pais incentivavam a vocação do filho; contudo, acharam melhor que ele cursasse uma faculdade. Jorge escolheu Direito, prestou o vestibular e passou de primeira.

Escreveu seu primeiro romance quando cursava a faculdade. Editou o livro com as próprias economias, que ajuntara trabalhando como auxiliar num escritório de advocacia.

Essa obra já foi, de cara, um grande "sucesso"! Todos os seus amigos compraram! Os amigos, se bem contados, eram uns duzentos... Isso quer dizer que a edição de três mil exemplares ficou quase toda encalhada em cima do guarda-roupa do escritor...

Jorge, contudo, era persistente. Continuou escrevendo cada vez mais, cada vez melhor. Passado algum tempo, conseguiu publicar – por uma editora pequena – um livro de contos. A edição esgotou-se logo e, com o dinheiro dos direitos autorais, que todo autor recebe com a venda de seus livros, conseguiu comprar – vejam só – um terno novo! O terno era para a formatura: ele iria se formar Bacharel em Direito. Papai e mamãe ficaram contentes.

Trabalhou algum tempo no fórum da cidade, fazendo um serviço burocrático e monótono. Passava o dia batendo carimbos e as noites, em êxtase, dedilhando a máquina de escrever.

    A nova publicação trouxe muita alegria ao escritor. O novo livro, um romance, foi até adaptado para o teatro! Vendeu muito bem, bem de verdade, o que lhe rendeu um bom dinheiro. O sucesso desse livro levou-o a fazer algo que há muito almejava: abandonar os carimbos e viver de literatura, comer literatura, vestir literatura. Mas o sucesso e a sorte de Jorge foram breves, pois as publicações seguintes não foram muito bem – grande parte ficou encalhada nos estoques das livrarias. Os críticos, aproveitando-se do mau momento, não largavam do seu pé. Realmente, Jorge não estava vivendo de literatura, mas morrendo por causa dela! Pensou em desistir, em voltar para os carimbos, que ao menos lhe davam alguma estabilidade. Só não morreu de fome porque conseguiu um "bico" de colunista num jornaleco. Vivia humilhado, e os amigos, que o rodeavam na riqueza, agora o desprezavam, pois estava pobre. Jorge estava derrotado e sozinho.

Capítulo II

Um dia, recebeu um telegrama. Um velho tio, que ele nem conhecia, havia falecido. Bem, ao que parecia, Jorge era o único parente vivo. O telegrama convocava-o para a leitura do testamento.

Era uma pequena cidade no extremo sul do Brasil. Jorge lá foi o mais rápido possível! Não que fosse interesseiro, mas precisava – e muito – do dinheiro para sobreviver. Então, não havia jeito: precisava da droga do dinheiro para fazer o que fosse. Seguiu viagem. Teria de permanecer lá apenas uma noite – a noite mais longa e extraordinária de toda a sua vida!

Tomou um avião e depois pegou um ônibus até uma cidade próxima, onde precisou pegar uma jardineira para chegar ao seu destino final: uma distante e pequena aldeia de camponeses chamada Vila Leipzig.

Eram onze horas da noite. O inverno naquele ano estava rigoroso. Tudo estava coberto por uma fina camada de gelo. Jorge olhava pelo vidro embaçado do ônibus, quando viu uma praça rodeada de casas velhas, com telhados agudos. As luzes dos postes eram amareladas e mal espantavam o breu da noite. O sisudo motorista pediu que descesse: haviam chegado e só restava ele na jardineira. Expirava fumaça, e os pés pareciam dois blocos de gelo. Ficou parado no meio da praça, meio sem saber o que fazer. Sentou-se na borda da fonte congelada. Seu nariz estava dormente de frio.

Flocos de neve começaram a cair do céu cinzento. Neve! Nunca havia visto neve no Brasil! Delicados flocos de neve caíam lentamente, tingindo tudo de branco. Um barulho: era o motor de um carro. Um Fusca vermelho.

Os faróis ofuscaram seus olhos. O carro parou bem a sua frente, ruidoso. Os vidros escuros não permitiam que Jorge visse quem estava dentro do automóvel. Abriu-se a porta, era uma bela mulher, de cabelos loiros e olhos verdes.

– Sr. Jorge?

– Sim, sou eu.

– Entre no carro, por favor. Está muito frio aqui fora.

– Mas... Quem é a senhora?

– Desculpe, esqueci de me apresentar. Meu nome é Eneida. Sou a advogada de seu finado tio José Dantas.

– Ah, sim... Sempre neva aqui?

– De quarenta anos para cá, sempre...

Jorge entrou no Fusca com a advogada. Saíram da pequena cidade, tomando uma estrada de terra fina e estreita. Começaram a subir um morro bastante íngreme. A escuridão era total e só se via a neve caindo, refletida pela luz dos faróis. O carro parou diante de um grande portão de ferro. Jorge, como um bom cavalheiro, desceu e abriu-o para que a moça pudesse entrar com o carro. Atravessaram um jardim de árvores secas cobertas de neve.

Logo adiante, os faróis iluminaram um casarão estilo germânico. Desceram do carro; os faróis permaneceram ligados, iluminando a casa soturna. A advogada entrou e acendeu as velas de um candelabro que estava sobre um aparador, na entrada. A casa era grande, com pé-direito alto, que dava uma sensação de amplitude. Estavam no grande *hall* de entrada, que era cercado de portas e tinha uma longa escada no canto.

A mulher pediu a Jorge que a seguisse. Os passos ecoavam no assoalho de tábuas corridas. Entraram em uma enorme sala, onde havia apenas um sofá velho e uma grande lareira. Cortinas esfarrapadas cobriam parcialmente as largas janelas. Enquanto ela acendia a lareira, Jorge tentou especular alguma coisa sobre a herança.

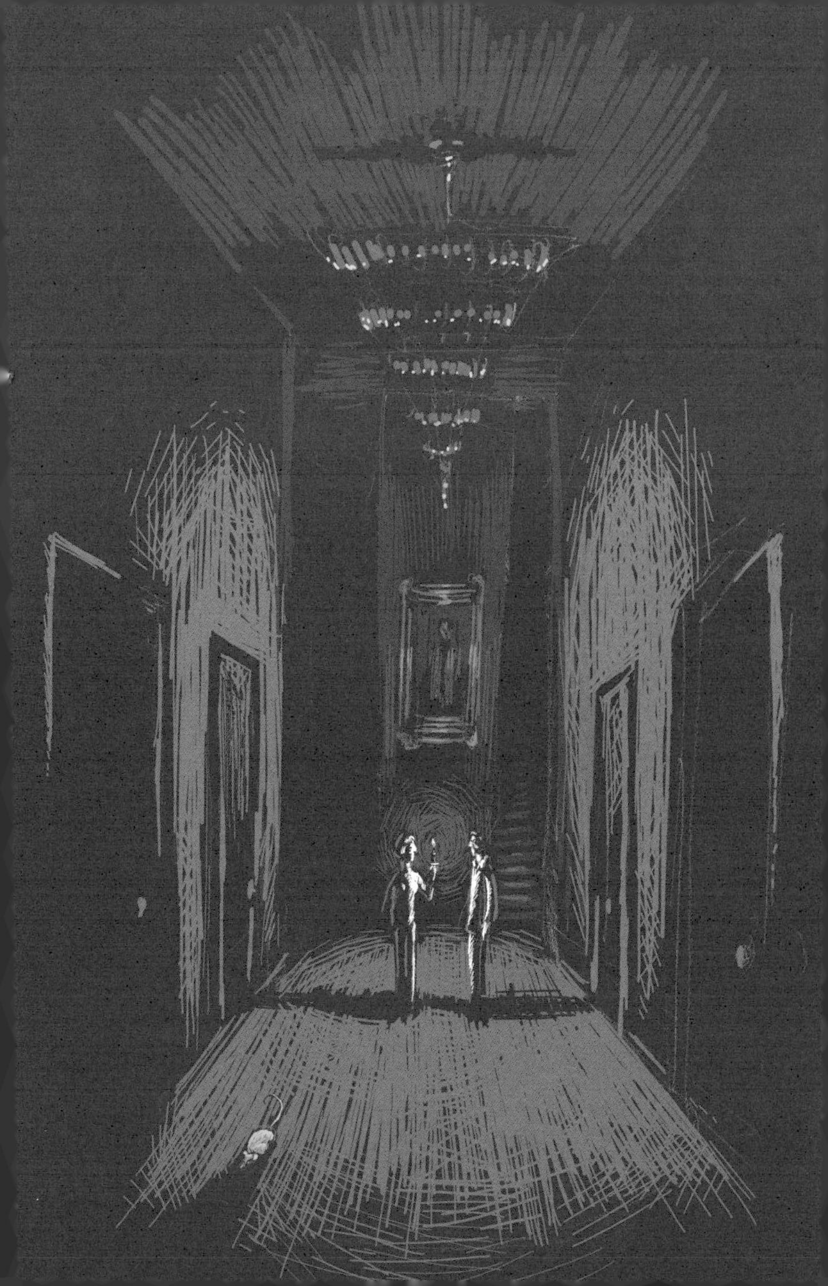

– É uma casa grande.

– É. Tem quarenta cômodos. Só quartos, são quinze.

– Que exagero! Se ele era um pessoa sozinha, por que construir uma casa tão grande?

– Ele não era sozinho. Tinha treze filhos e cinco esposas diferentes.

– Treze filhos? Então por que eu vim aqui receber a herança? Ele já tem herdeiros!

– Morreram.

– Os treze filhos?

– E as cinco esposas. Todos ao mesmo tempo.

– Mas como foi essa tragédia?

– Ninguém sabe. Desapareceram há trinta anos.

– Como assim, desapareceram?

– Desaparecendo. Um dia, estavam; no outro, não mais. Só ficou o seu tio. Ele morreu faz poucos dias. Como a família desapareceu há mais de trinta anos, presume-se que tenham morrido. O que faz de você o herdeiro de tudo isto.

– Tudo isto e o que mais, precisamente?

– Parece que você não conhecia muito seu tio.

– Não. Ele era brigado com a família.

– Agora entendo por que ele lhe deixou isto aqui de herança.

– Que foi que você disse?

– Nada. Disse que você é o único herdeiro.

– Mas o que você pode me contar sobre meu tio?

– Quase nada. Ele era um homem muito misterioso. Tudo que sei, e que todos da região sabem, é que ele chegou aqui na década de 1940. Conseguiu emprego com um imigrante alemão, que, segundo contam, trabalhou diretamente para Hitler. Esse homem veio fugido de seu país, trazendo consigo um grande segredo nazista. Era um homem sombrio. Seu tio trabalhou com ele por alguns anos. Um dia, o alemão simplesmente desapareceu. Seu tio disse que ele voltou para a Alemanha, por causa do fim da guerra; porém, antes de partir, deixou todas as suas propriedades para o seu tio. O povo acredita que seu tio matou o alemão e se apoderou de tudo que ele possuía. O sumiço do homem já deixou seu tio malvisto na cidade. Mas provas não havia. A polícia veio e esburacou todo o lugar, mas o corpo do alemão não foi encontrado. Contudo, o mais estranho estava por acontecer: as mulheres da cidade – solteiras, casadas, separadas, beatas – caíram na luxúria com seu tio! Não que fosse um homem bonito e atraente, tampouco era educado. Rude e grosseiro, não havia no vocabulário dele uma palavra de gentileza: tratava todas as mulheres aos coices. Antes, nunca havia conseguido sequer uma namorada; de repente, todas as mulheres da cidade queriam ser noivas dele!

– E os maridos? Nada faziam?

– Não. Ninguém fazia nada. Sei que é difícil de acreditar, mas seu tio se casou, na igreja, com cinco mulheres... e elas já eram casadas!

– Duvido! E o padre? Não fez nada?
– Deu a bênção.
– Isso deve ser folclore...
– Não é não. Mas deixe-me continuar. A casa do alemão, em que seu tio morava, era pequena para as cinco esposas. Então, no dia seguinte ao casamento, essa casa "apareceu" no alto do morro!

– Apareceu?!
– Isso: apareceu. Surgiu de um dia para o outro. Estas paredes que neste momento nos envolvem não foram construídas por mãos humanas.
– Ouça, doutora, podemos falar sério?

– Bem, eu contei a você quem era seu tio. Agora, se quer ou não acreditar, o problema é seu.

– Você é a advogada mais *contadora de causos* que eu conheço. E fala tão sério que até parece verdade. Já pensou em ser escritora? Você tem potencial, sabe?

– Não.

– Eu sou escritor. Se quiser, posso...

– Não, obrigada. Não gosto de escritores. Vou sair um instante. Vou até a vila apanhar o testamento com o tabelião. Recomendo que fique nesta sala, pois é a mais segura da casa.

– Tudo bem. Eu a espero aqui, na casa assombrada. Buuuu!... – zombou do escrúpulo, fingindo indiferença ao relato que ouvira.

Capítulo III

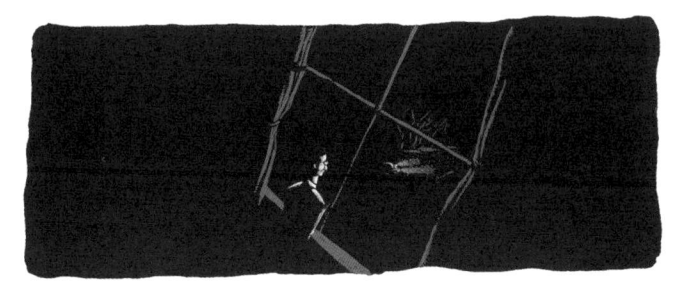

A advogada saiu levando consigo o candelabro, deixando-o apenas sob a claridade da lareira. Jorge olhou pela janela e viu a mulher indo embora no carro. Ainda nevava. Agora estava só na casa escura. Era estranho o fato de, numa casa daquelas, não haver luz. Apalpou as paredes à procura de um interruptor. Achou um, apertou-o e algumas lâmpadas do lustre da sala se acenderam. Era uma luz amarela, fraca, dando a impressão de que ele estava dentro daquelas fotos antigas, amareladas com o tempo.

Por que a mulher não acendera a luz? Que coisa estranha! A vida inteira escrevendo ficções e agora lá estava dentro de uma mansão mal-assombrada numa cidade no fim do mundo – parece uma história de ficção, não é? Realmente, o ar sombrio da casa criou um clima apropriado para a história maluca contada pela advogada. Aliás, seria ela advogada mesmo? E se fosse um golpe, como aquelas histórias de mistério em que a pessoa tem de passar uma noite em uma casa mal-assombrada para então receber uma herança fabulosa? Ou a moça podia estar simplesmente brincando. Jorge não gostava daquilo. Não gostava de não ter o controle da situação. Quando a mulher retornasse, pediria melhores explicações e que contasse a verdade a respeito do tio. Mas de uma coisa tinha certeza: devia ter se informado melhor antes de ir para aquele lugar estranho.

Agora que descobriu que na casa havia luz, resolveu bisbilhotar. Jorge não levou a sério a recomendação da mulher para que não saísse da sala onde estava. Foi até o *hall* de entrada e acendeu a luz. Um gigantesco candelabro de cristal iluminou o local. Tudo era pintado de vermelho, e havia muitos quadros pelas paredes. Um deles chamou a sua atenção: era o quadro de um homem velho em pé, ao lado de uma cadeira. A tela devia ter sido executada por um grande artista, tal era a perfeição da pintura. Os olhos do homem pareciam observar Jorge, que se sentiu incomodado. De repente, um barulho: o lustre desprendeu-se do teto e espatifou-se no chão, a poucos centímetros de Jorge! Cacos foram lançados por toda parte. A sorte dele foi estar usando um grosso casaco, que o protegeu. Ficou paralisado; escapara da morte por um triz. Mas eis que, recuperado do susto, ouviu um barulho no andar de cima. Alguma coisa muito esquisita estava acontecendo.

Subiu a escada atento, devagar. Lá em cima, havia um grande corredor com muitas portas enfileiradas. Foi abrindo cada uma delas e acendendo as luzes, para ver se encontrava alguém. Eram quartos ricamente mobiliados e decorados com padrões diferentes. Um detalhe era comum a todos: a cor vermelha. Ao todo, o corredor possuía quinze quartos; Jorge vasculhou-os um a um, mas nem sinal de vivalma. Ao final do corredor, uma última porta. Se houvesse alguém, só poderia estar ali dentro! Jorge trazia consigo uma suspeita, quase uma certeza: de que ninguém estava escondido ali e que era a advogada quem – sabe-se lá por que – queria assustá-lo. "Ela está querendo me assustar, mas quem vai se assustar é ela!" – pensou. Depois abriu a porta e deu um berro daqueles de matar qualquer um do coração. Mas gritou para ninguém, para o nada. A porta dava para o banheiro, que tinha uma grande banheira, tão grande que comportaria umas dez pessoas, calculou ele.

Como não encontrou ninguém, tranquilizou-se. "Jorge, Jorge! Não seja paranoico! Ninguém está querendo matar você. É só uma casa velha. Quanto ao lustre, ele se desprendeu sozinho. Foi um acidente..." – falou para si mesmo.

Mais calmo, continuou andando pelos quartos, observando a rica mobília e as várias

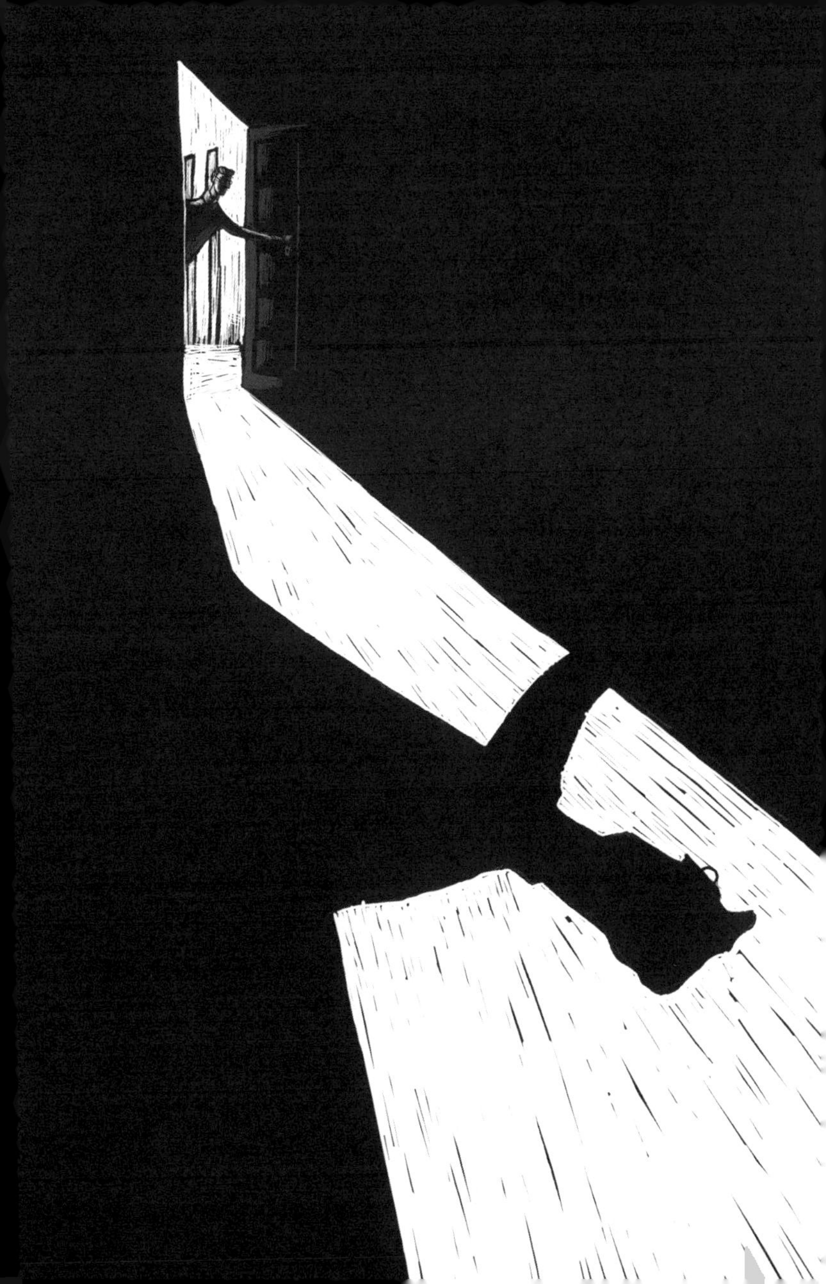

obras de arte – vasos, quadros, estatuetas, castiçais de prata, cristais – esparramadas pelo lugar. Se aquilo tudo fosse mesmo dele, seria bom: todos aqueles móveis e objetos deviam valer alguma coisa. Poderia até abrir um antiquário. Desceu até o piso inferior, para ver se encontrava algo valioso. Encontrou mais uma dezena de salas: sala de jantar, de jogos, de música, de caça. E outras com móveis estranhos, cuja utilidade não conseguiu decifrar. Até que se deparou com uma sala que lhe interessou muito: uma biblioteca enorme com milhares de livros. Ao vê-los de perto, pegou um a esmo. Era um romance. Começou a ler para se distrair até que a mulher que se dizia advogada retornasse.

Alguns minutos depois, um estranho barulho chamou-lhe a atenção. Parecia que alguém estava varrendo os cacos do lustre que se espatifara no *hall*. Crente de que era a advogada que retornara, Jorge foi até lá. Quando chegou à sala, não viu ninguém. Mas os cacos também haviam desaparecido.

– Tem alguém aí? – perguntou, sem obter resposta.

Um tilintar chamou a atenção de Jorge, que olhou para cima e viu, com enorme espanto, o lustre de volta no teto, exatamente como era, com todos os penduricalhos nos devidos lugares. Voltou os olhos para o retrato do homem na parede. Outra surpresa: em vez de estar em pé, como antes, ele agora estava sentado na cadeira. Um frio percorreu a espinha de Jorge. Seu cérebro não conseguia encontrar uma explicação racional para aquilo. Tentou sair da casa, mas a porta estava trancada. Tentou as janelas, mas elas tinham grades. Sem saber o que fazer, correu de volta à biblioteca, fechou a porta e acendeu todas as luzes que encontrou. Sentou-se à escrivaninha que estava perto e, tolhido de pavor, cruzou os braços sobre o peito.

Capítulo IV

No centro da cidade, a advogada lia atentamente algumas folhas, como se ensaiasse uma peça teatral. Desviou o olhar por alguns segundos e mirou o casarão no alto do morro. A mansão estava toda iluminada. Parecia até uma festa!

"Mas que droga! Ele acendeu as luzes. Agora seremos descobertos! Espero que ninguém tenha visto."

A mulher decidiu voltar para o casarão. Era preciso apagar as luzes da casa antes que alguém da vila percebesse que havia alguém lá. Mas um pneu furado atrapalhou seus planos. Teve de subir o morro a pé.

Da vila, uma mulher observava, com o rosto pálido de medo, a movimentação na casa.

– Marido, venha ver. As luzes da casa maldita estão acesas.

– Não acredito! Mas quem haveria de querer ir a um lugar desgraçado como aquele?

– Só pode ser uma pessoa.

– Quem?

– Ele!

– Será, mulher?

– Quem mais voltaria para aquela casa?

– Temos de avisar a todos o ocorrido.

– Marido, será que os maus tempos voltaram? Eu não quero voltar a fazer aquelas coisas! Não quero, pelo amor de Deus!

– Acalme-se, mulher! Se ele voltou, nós o mataremos outra vez! Mataremos quantas vezes forem necessárias! Desta vez, estamos prevenidos!

Na biblioteca da casa, Jorge continuava tentando entender o que estava acontecendo. Precisava desvendar o mistério em que fora envolvido. Precisava raciocinar. Anotaria todos os fatos num papel para estudá-los melhor. Tinha de unir as peças desse quebra-cabeça, para descobrir se estava diante de um fenômeno real ou de um embuste. Começou a mexer nas gavetas da escrivaninha empoeirada à procura de papel e caneta. Encontrou apenas um livro e uma velha caneta-tinteiro. O estranho era que o tal livro tinha todas as páginas em branco, e parecia que muitas delas haviam sido arrancadas. Na capa de couro, apenas uma palavra em latim: *Scriptum*. Nada mais havia ali.

"Está ótimo para o que quero"– pensou Jorge, que se pôs a fazer o que mais gostava: escrever. Com a caneta-tinteiro, traçou uma linha forte na folha amarelada do livro velho, a fim de ver se havia tinta. A caneta funcionava: fez um sulco no papel áspero, que logo foi preenchido com tinta negra. Aproveitou o traço para fazer um desenho. Não era muito bom nisso. Desenhou uma menina representando a moça misteriosa que o trouxera até ali. Desenho simples que qualquer criança de jardim-de-infância sabe fazer. A cabeça, um círculo; dois riscos, os braços: um triângulo para a saia... Feito o desenho, notou que algo se movimentava dentro da sala. Mais espantado que assustado, viu, flutuando, a menina que havia acabado de desenhar no papel...

Ficou assombrado. Fez um traçado qualquer no papel e este se materializou em frente dos seus olhos. Fechou-os, abriu-os novamente: a menina e o traçado ainda estavam lá. Logo depois, a página em que havia desenhado se desmaterializou como se tivesse sido arrancada do livro, restando somente as barbatanas.

Estava com medo, mas a curiosidade falou mais alto. "Se eu escrevesse alguma coisa...", pensou ele, que, morto de fome, começou a descrever nas páginas em branco do livro um maravilhoso banquete, servido numa comprida mesa. Terminada a descrição da ceia fabulosa, olhou para o lugar, a fim de ver se algo aconteceria. Porém, nada aconteceu:

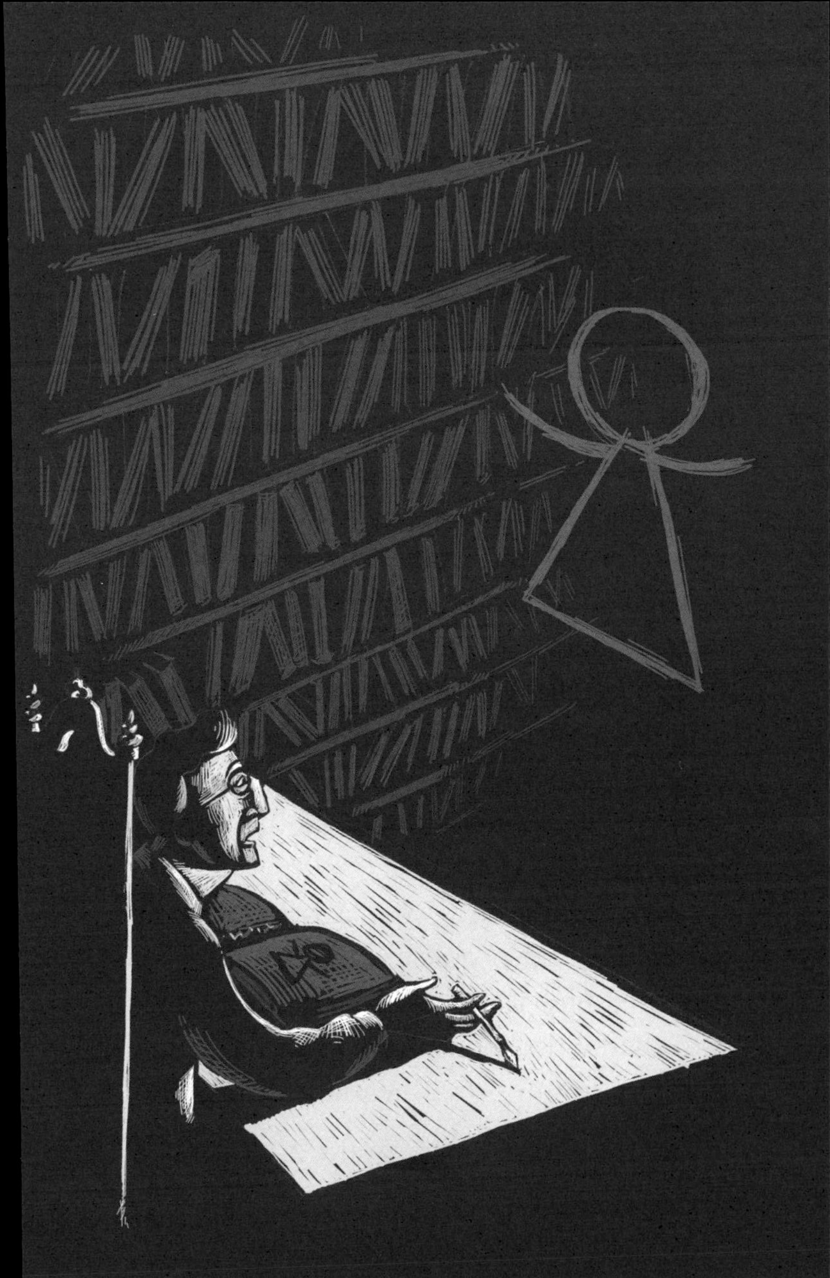

só estavam lá a menina e o rabisco. "Vai ver, só funciona com desenhos..." – pensou, um tanto frustrado.

Mas eis que as paredes do lugar começaram a se mover lentamente, criando mais espaço na sala. Era como se a casa fosse de borracha e se esticasse. A cadeira em que Jorge se sentava foi arrastada para um canto. Em seguida, uma mesa pesada e antiga surgiu de súbito no novo espaço criado. Depois a mesa foi coberta com uma tolha branca e encheu-se de pratos maravilhosos. Da cadeira, encolhido, Jorge via, estupefato, a mesa farta, tal qual havia descrito no papel. Fumaça saía dos pratos e travessas, indicando que a comida estava quente. O cheiro agradabilíssimo de temperos invadiu-lhe as narinas e despertou-lhe o apetite.

Seria prudente comer a ceia maravilhosa? Sabia-se lá o que era aquilo? E se fosse algo maldito? Jorge era cético. Muito cético. Mas diante do que tinha acontecido naquele dia... O supranormal acabara de assaltá-lo!

E agora? Aproximou-se da comida, com receio. Tocou com cautela uma coxa de peru. Sentiu o calor e a maciez da pele da ave. Arrancou-a com avidez do prato e levou-a à boca. Deliciosa! Faltava algo para beber. Sentou-se à escrivaninha e descreveu sucos saborosos e vinhos magníficos. Jorge comeu e bebeu como um rei.

Capítulo V

Ao mesmo tempo, ao pé do monte, os moradores da vila reuniam-se em assembleia no salão paroquial da igreja. Discutiam, aflitos, sobre o movimento estranho na mansão.

– Silêncio! – ordenou o líder. – Temos de nos organizar. Não podemos deixar o monstro voltar! Por quarenta anos, fomos enfeitiçados! Só agora percebemos as atrocidades a que ele nos submeteu! Nossas filhas e mulheres foram desonradas, nossa igreja profanada, nossas colheitas destruídas e muitos irmãos desapareceram! Durante anos, tivemos nossas vidas controladas pelas forças do mal! Hoje, quando vi a neve caindo, pensei que ele poderia estar de volta, mas ouvi pelo rádio que em outras cidades do Sul também nevava. Mas minha esposa, desconfiada, viu da janela de minha casa a mansão iluminada. Há, sim, alguém na casa!

Um bochicho tomou conta do lugar. Mulheres começaram a chorar, desesperadas; homens reclamavam, indignados.

– Acalmem-se! Desta vez, não permitiremos que o mal retorne! Já conhecemos seus estratagemas. Ele não nos persuadirá! Já o matamos uma vez, podemos matá-lo de novo!

– Morte ao demônio! – gritava a população em coro.

Organizaram uma cruzada contra o mal. Os homens armaram-se de paus, tochas e foices. O grotesco espetáculo lembrava a turba enfurecida de aldeões tentando invadir o castelo do conde Drácula. As mulheres vinham em seguida, guiadas pelo padre, empunhando terços, cruzes e entoando cânticos exorcistas.

Na biblioteca, Jorge divertia-se. Descreveu todos os brinquedos que a infância pobre não lhe permitira ter. Planejava realizar todos os desejos de sua vida com o livro encantado.

Satisfeitas as vontades da infância, voltou-se para a vida adulta. A primeira pessoa que lhe veio à mente foi seu professor de Direito Penal, no terceiro ano de faculdade, aquele que o reprovou. O homem apareceu na sua frente vestido de terno e com uma pasta na mão. Jorge fez surgir um quadro-negro e mandou que o ex-professor escrevesse, até encher a lousa, a frase: "Jorge é inteligente".

Até que não seria difícil encher um quadro com essa sentença. O problema é que a cada três palavras que o homem escrevia, três palavras anteriores se apagavam!

– Só sairá daí quando acabar! – Jorge afirmou, severo e sarcástico.

Depois pensou em todas as pessoas de quem não gostava. Descreveu todas as que o humilharam pelo fato de ele ser pobre.

Queria dar uma lição àqueles que julgavam os outros pelo que têm, não pelo que são. Descreveu um a um os desafetos. Jorge imaginou uma longa mesa e pôs todos aqueles mercenários sentados ao redor dela. Sentou-se à cabeceira.

Tocou uma sineta, impondo silêncio aos homens e mulheres que discutiam, tentando descobrir como haviam parado ali. Jorge então contou que gostaria muito de homenagear aqueles grandes empresários e mulheres de negócios, e que por isso estavam ali. Serviria um jantar com o prato preferido deles e, depois da ceia, lhes daria o que mais amavam: dinheiro! Apontou para três grandes baús cheios de ouro. Ao vê-los, os olhos dos convidados brilharam de cobiça.

– Mas, antes de pegar o dinheiro, imponho apenas uma condição: terão de comer o prato predileto de vocês! Não poderá sobrar nada! Para pegar o ouro e ir embora, só depois de terminada a ceia – alertou Jorge.

No mesmo instante entrou um mordomo, que colocou na mesa os pratos e os talheres.

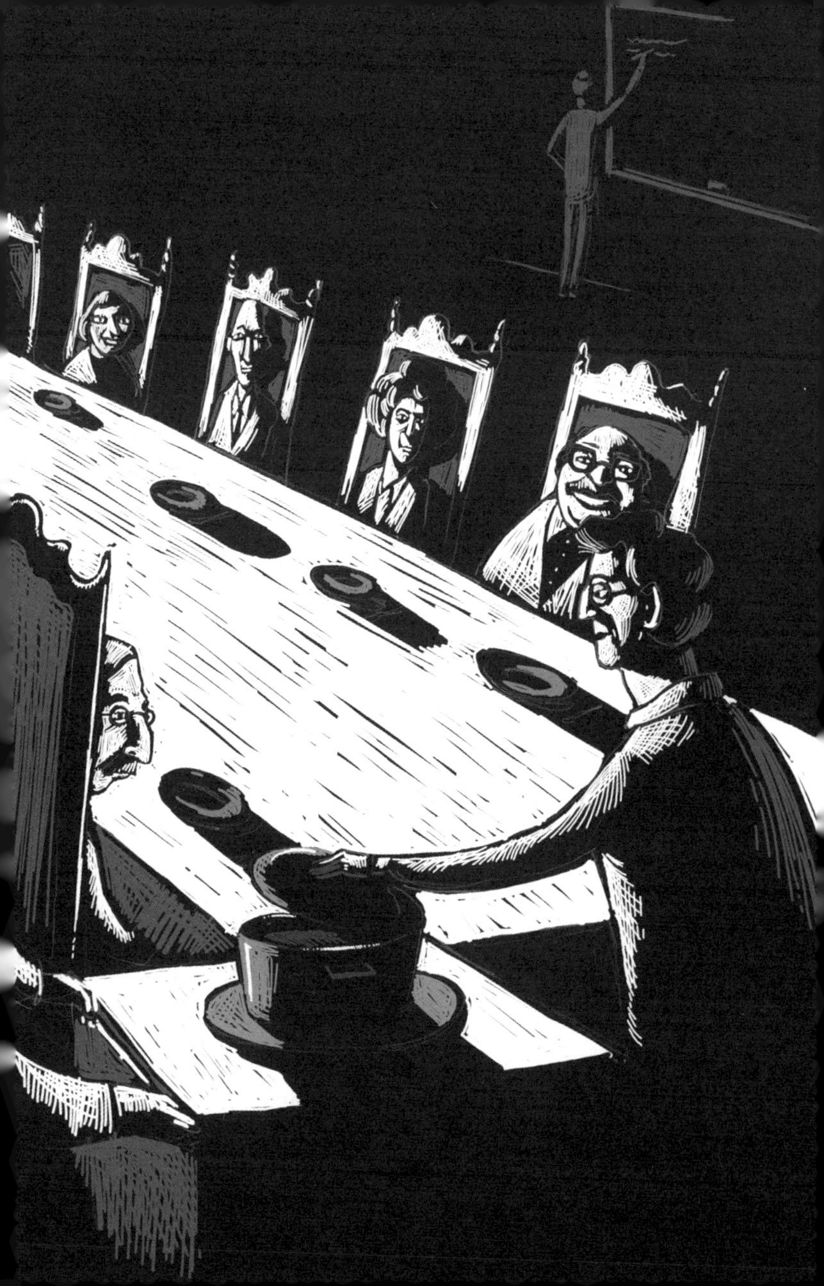

Em seguida, trouxe uma pequena panela, da qual Jorge tirou a tampa, dizendo:
– *Voilà!*
Quando Jorge retirou a tampa, um mau cheiro insuportável empestou o ambiente. Era lavagem. Daquelas moles, do tipo pastosa, contendo toda espécie de restos de comida. Os homens e as mulheres olharam para a pequena panela cheia de lavagem. Mal dava uma concha para cada um. Depois observaram os baús de ouro: afinal, era pouca lavagem para muito ouro. Nem pestanejaram: avançaram na panela de lavagem.

Enquanto isso, esbaforida, a advogada entrou na casa, gritando por Jorge, que não a ouviu. Estava muito ocupado, divertindo-se com o achado mais extraordinário de sua vida. A mulher subiu as escadas, crente de que ele estava no andar de cima.

A cada vez que um ávido convidado tirava uma concha de lavagem da panela, cinco vezes a quantidade retirada ressurgia novamente dentro dela. Mas eles estavam tão interessados no ouro que não notaram isso. Nem mesmo quando aquilo tudo transbordou e emporcalhou a todos.

A ganância não os deixou perceber que, a cada garfada, eles ficavam mais parecidos com porcos. Uma garfada, um focinho de porco; outra garfada, orelhas; outra mais, patas; mais uma, aquele rabicó... Por fim, não passavam de um bando de porcos grunhindo.

Jorge estava extasiado: saciara sua sede de vingança e fecharia a noite com chave de ouro! Escreveria sua própria história. Ele seria o maior escritor do mundo, traduzido em todas as línguas, amado pelos leitores, aclamado pelos críticos; ficaria rico, famoso; venceria todos os prêmios, até o Nobel!

Quando ia começar a escrever, uma pedra atravessou a vidraça da janela, caindo na mesa e respingando pelo aposento a imundície que Jorge havia mandado os inimigos comerem.

– Morte ao monstro! – escutou a multidão gritar, furiosa, do lado de fora da mansão.

Jorge pensou que eles queriam o livro. Mas não: o livro era dele! Ele o encontrou e lhe pertencia.

O medo de perder o precioso objeto tomou-lhe o coração. Não poderia mais viver sem ele! Saiu da biblioteca e subiu as escadas, desesperado, pensando em se esconder, com o precioso objeto, num dos vários quartos do andar superior.

A multidão entrou na casa. E, atraída pelo mau cheiro da lavagem, adentrou na biblioteca. Lá os aldeões viram os porcos grunhindo – como se fossem pessoas querendo falar – e um homem escrevendo, escrevendo, escrevendo...

– Estão amaldiçoados! O demônio voltou a esta casa! Vamos encontrá-lo e destruí-lo!

Os homens dividiram-se e começaram a vasculhar o edifício.

No andar de cima, Jorge achou por bem esconder-se no banheiro, no final do corredor. Ao abrir a porta, deu de cara com a mulher que o trouxera até ali.

– Ah! Você esta aí – exclamou ela. – Estou procurando por você há um tempão! Tive de olhar em todos os quartos! Temos de sair daqui agora! Você não devia ter acendido as luzes. O pessoal da vila viu e está achando que o tal demônio está de volta. Temos de ir! Se eles nos confundirem com aquele monstro, podem nos matar!

– Não se aproxime de mim! Você quer o livro, não é? Eu não vou lhe dar! Ele é meu! O meu tio deixou-o para mim! – gritou, possesso.

– Tio? Mas que tio? Ouça, meu nome é Glenda. Eu não sou advogada coisa nenhuma. Jorge, acalme-se e preste atenção: essa história de tio é tudo invenção minha! Eu sou uma autora independente que queria lhe mostrar minha obra. Ela é baseada na lenda de um alemão com poderes sobrenaturais que morava nesta casa. Então, achei que seria interessante lhe contar a história aqui, já que você se recusou a ler o meu original, lá em São Paulo. Eu só lhe preguei um peça, entende?

– Olhe aqui, garota: o livro é meu! Não vou lhe entregar! Não vou mesmo!

– Que livro? Jorge, você está tão esquisito! Que aconteceu enquanto eu estive fora?

– É meu! Meu! Meu! – dizia ele, transtornado, sem ouvir o que Glenda dizia.

Jorge não tinha mais controle de si. Foi se afastando da escritora, segurando o livro contra o peito, numa posição de guarda. Trombou sem querer com um armário, que abriu as portas; lá de dentro rolou uma cabeça, já putrefata.

Glenda soltou um grito e desmaiou. Jorge, dominado pelo poder do livro, correu e escondeu-se num dos quartos do corredor. Os camponeses ouviram o grito e correram até o banheiro. Lá encontram a moça desmaiada.

– Mais uma vítima do demônio!

– Vejam! A cabeça ainda está aqui!

– O corpo não está dentro do armário!

– O corpo voltou à vida!

– Mas agora, sem a cabeça, ele fará menos mal.

– Mesmo assim, temos de encontrá-lo. Tragam a cabeça! Vamos queimá-la com esta casa maldita.

Capítulo VI

Jorge, em delírio, escondia-se dos linchadores num dos quartos da casa. Sentou-se na cama. As janelas estavam quebradas e o vento frio o incomodava, fazendo-o bater o queixo. Havia esquecido o casaco na biblioteca. Abriu o livro e descreveu uma blusa de frio, a qual se materializou imediatamente. Depositou o livro sobre a cama para vestir a blusa. Passou os braços e, quando foi passar a cabeça pela gola da roupa, esta se prendeu ao redor da testa.

– Droga! Sempre erro a numeração das roupas – disse ele, tentando libertar-se da roupa apertada.

Nesse instante, os caçadores do demônio abriram a porta e viram nitidamente um homem sem a cabeça.

– Olhem! Encontramos o demônio!

Jorge não teve como fugir. Nem como se explicar, já que não conseguia se fazer ouvir com a roupa abafando o som de sua voz. Amarraram-no a uma cadeira no *hall* de entrada da casa e cercaram-no com toda espécie de material inflamável que encontraram ali: cortinas, almofadas, madeiras, livros...

– Agora vamos nos livrar deste demônio de uma vez por todas. Joguem a cabeça no colo dele, para que seja queimada com o corpo.

Jorge seria queimado vivo! Um segundo antes de atearem fogo, salvo pela divina providência, ele conseguiu enfim passar a cabeça pela gola da blusa. A multidão gemeu espantada em coro: Oh!

Crente de que não era necessário se explicar, Jorge apenas olhava assustado para aquelas pessoas. Mas, então, um infeliz gritou do meio do povo:

– O demônio fez crescer uma cabeça nova!

– Queimem! Queimem! Queimem! – gritava, em uníssono, o populacho desvairado.

Saíram da casa e jogaram as tochas ardentes para dentro. Logo o lugar se incendiou. Uma fumaça negra e densa tomou conta do ambiente. Os olhos e as narinas de Jorge ardiam e a garganta queimava. Já podia sentir o calor das chamas alcançar-lhe os pés. Então sentiu um arranco que o salvou das chamas ardentes e da fumaça asfixiante. Era Glenda, que arrastava a cadeira para um lugar seguro. Com repulsa, deu um empurrão na cabeça morta no colo de Jorge, jogando-a nas chamas. Fez menção de socorrer um homem que escrevia e reescrevia sem parar num quadro-negro por entre as chamas, mas uma parede de fogo a impediu. A casa consumia-se rapidamente.

– Quando sairmos daqui, teremos de ir direto à polícia. Há alguma coisa estranha acontecendo nesta vila. Você está bem? Vou desamarrá-lo e fugiremos pelos fundos; os linchadores estão distraídos, deliciando-se com o incêndio.

Já liberto, Jorge respondeu:

– Não saio daqui sem o meu livro! – E subiu as escadas em disparada, sem notar que ela já começara a se incendiar por baixo.

– Não é possível! Todos ficaram loucos! – gritou Glenda.

Pensou em ir embora e deixar Jorge na casa em chamas, mas não suportaria viver com aquele remorso. Afinal, foi ela quem o pusera naquela enrascada. Subiu atrás dele, para convencê-lo a sair dali o mais rápido possível. Mas Jorge disse que não sairia sem o livro. Só sairiam dali se ela o ajudasse a procurar.

Capítulo VII

Não foi fácil encontrar o livro. Jorge não se lembrava em qual dos quinze aposentos o havia deixado. Enquanto isso, o assoalho esquentava e a fumaça passava por entre as frestas do piso.

Por fim, encontraram o livro, e Jorge tomou-o nos braços e beijou-o. Poderia usá-lo para sair do incêndio. Mas a paranoia de que Glenda o queria para si fez com que tomasse uma atitude precipitada e impensada: deu um empurrão na garota, que caiu sentada no chão quente. Jorge correu de volta para a escada: só queria fugir de Glenda! Nem reparou que os degraus já ardiam em chamas.

Assim que pisou no primeiro, este cedeu e Jorge caiu, ficando seguro por uma das mãos. A outra mão segurava o livro por apenas uma página.

Glenda veio em seu socorro, puxando para cima a mão que se segurava no topo da escada, mas não era suficiente: Jorge tinha de dar a outra mão. Mas ele não queria, pois se fizesse um movimento brusco, o volume cairia no meio do incêndio.

As chamas já lhe lambiam as pernas. Nesse instante, a folha do livro desprendeu-se do restante. Jorge olhou com tristeza o fantástico objeto cair naquele fogaréu, queimando-se por completo. Pôs a página restante no bolso e levantou a outra mão, para que Glenda o ajudasse.

O problema agora era como sair dali, pois a escada já havia sido destruída pelo fogo. Dispararam para o final do corredor e entraram no banheiro. Abriram a janela e viram que uma calha passava bem ao lado. Poderiam descer por ela... E lá foram eles agarrados à calha. Mas esta, que era fina, não suportou o peso, despencando com os dois.

Para sorte dos dois, a queda foi amortecida pela espessa camada de neve que se acumulara no chão. Ao se refazerem do tombo, correram em disparada morro abaixo. Lá Jorge trocou o pneu do Fusca de Glenda rapidamente e fugiram do estranho lugar. Pelo retrovisor, no alto do morro, viram a enorme casa em chamas.

Capítulo VIII

Mais tarde, após Jorge ter se libertado do encanto do livro, Glenda desabafou:

– Queria me desculpar com você, Jorge, pois eu menti. Mas queria que soubesse que nunca imaginei que esta fosse uma vila de fanáticos, que levasse suas lendas tão a sério. Nunca imaginei que correríamos perigo aqui!

– Não precisa se desculpar, moça. Eu acabo de viver a experiência mais extraordinária de minha vida! Nunca pensei que seria capaz de fazer o que fiz hoje. Não tinha consciência da existência deste meu lado mau, vingativo. Pensava que era um homem bom. Agora já não tenho certeza...

– Não precisa ficar se culpando, Jorge. Todos passamos por momentos de dificuldades e dúvidas...

– Será que todo mundo é capaz de fazer o que fiz esta noite?

– É claro! Aliás, não sei o que você poderia ter feito de tão grave nas três horas em que ficou sozinho naquela casa. Mas, mudando de assunto, você vai ver o meu original, não vai?

– Claro que vou, Glenda! É Glenda o seu nome, não é?

– Sim, é Glenda.

– Você tem uma caneta?

– Claro, está aí no porta-luvas.

Jorge tirou o pedaço de papel do livro que ficara em seu bolso. Ainda podia realizar seu maior desejo. Tornar-se um escritor rico, mundialmente conhecido e consagrado! Mas em que estava pensando? Depois de tudo o que se passou? Não, preferiu voltar a ser um homem bom e digno, qualidades que não têm preço. Escreveu no papel o seu maior

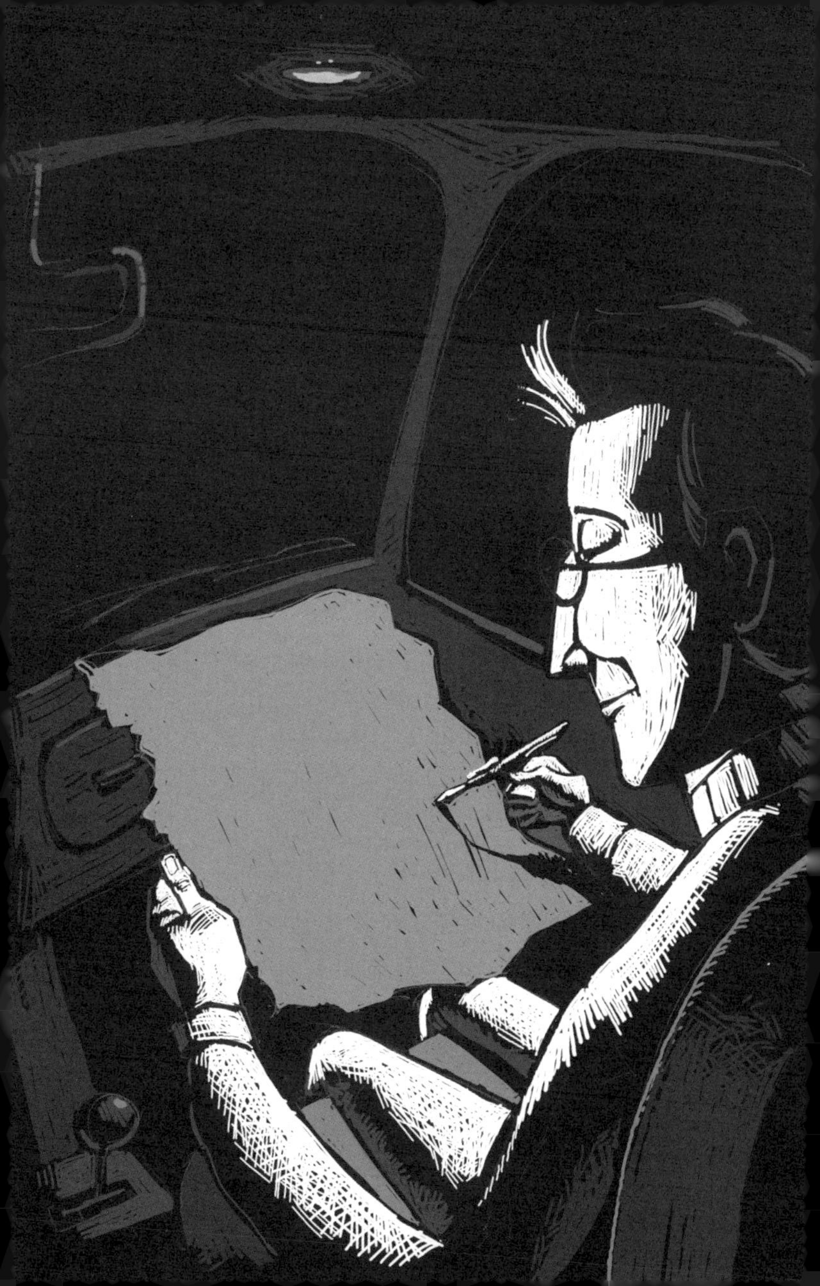

desejo: que todas as pessoas de quem ele havia se vingado naquela noite voltassem às suas vidas normais.

Ficou olhando a folha sumir em suas mãos. Redimido e aliviado de suas culpas, voltou a conversar com Glenda. A neve ainda caía lá fora. Depois de algum tempo na estrada, no breu da noite, Jorge avistou na escuridão alguém fazendo um sinal de carona. Pararam no acostamento e a pessoa entrou no carro.

– Então, amigo, para onde vai?

O homem não respondeu, mas entrou no carro. Permaneceu calado o tempo todo. Um mal-estar apoderou-se dos dois. O estranho cheirava esquisito. Jorge reparou que ele segurava um cigarro em uma das mãos e ofereceu-lhe fogo. O homem apenas levantou o cigarro à altura do rosto. Jorge acendeu o isqueiro, iluminando o interior do carro. Atrás do cigarro não havia boca alguma, tampouco cabeça. Pelo retrovisor, Glenda viu um pescoço sem cabeça. Gritos, uma freada.

Os dois desceram do carro e saíram correndo pela estrada, sem olhar para trás. Depois de uma longa e apavorada corrida, pararam à beira da estrada, para descansarem. E lá ficaram por horas, em silêncio, tomados pelo medo.

O sol finalmente raiou e a noite mais longa de suas vidas acabou. Um carro apontou na estrada, devagar. Não era possível: o carro de Glenda, dirigido por um corpo sem cabeça! O motorista deu uma buzinada e acenou. Os dois ficaram lá parados, embasbacados. Na placa traseira do carro, lia-se: FIM.

O autor

Tiago de Melo Andrade nasceu em São José do Rio Preto, interior de São Paulo, mas foi criado em Uberaba, Minas Gerais, onde mora até hoje. Tiago não gosta de ficar parado e, como diz sua mãe, "produz uma ideia nova a cada minuto". Perto dele sempre há algo para fazer. Na infância, era sempre o Tiago quem montava o roteiro das brincadeiras de "mocinho e bandido", editava o jornalzinho da rua e escrevia as peças de teatro. Brincava de radionovela com seu gravador e, mais tarde, de posse de uma filmadora, gravava filmes, clipes e outras coisas que criava com a turma da rua. Nesse inventa daqui, inventa dali, ele descobriu o que mais gosta de fazer: inventar histórias!

Foi numa dessas "invencionices" que Tiago acabou se tornando escritor profissional. Aos 22 anos escreveu o livro infantil *A Caixa Preta*, uma publicação independente, feita com o pouco dinheiro que possuía. Alguns meses depois, esse livro venceu o maior e mais tradicional Prêmio de Literatura do Brasil: o *Jabuti*, na categoria Autor Revelação. Depois disso, seus livros foram publicados por várias editoras. Para a Editora DCL, Tiago escreveu a coleção *Histórias Fantásticas*.

O ilustrador

Renato Moriconi é, primeiramente, um apaixonado pelo desenho. Desde pequeno procurava copiar as personagens que via na TV e nos quadrinhos. Por meio do desenho veio o contato com a ilustração, transformando seu lápis em um contador de histórias.

Os materiais que usa para fazer suas ilustrações são variados: lápis de cor, tinta acrílica, guache, giz pastel, caneta esferográfica, colagem de papéis, entre outros. A computação gráfica também faz parte de seu processo de trabalho, ora retocando as imagens, ora finalizando-as.

Nas ilustrações para "O Livro dos Desejos", Renato fez uso da técnica de construção da luz em vez da sombra, característica da xilogravura – gravura em madeira –, finalizando-as no computador.

Em seu estúdio em São Paulo, Renato desenvolve projetos para escritórios de *design*, agências de publicidade e editoras.

Títulos desta coleção

A Batata Infalível

O Amigo Eco

O Espelho Olmeca

O Livro dos Desejos

O Matuto do Fim do Mundo

Olho Mágico